Wide Awake in the Darkness

梁雪菊

2013 年·台湾

漆黑中醒着的眼睛

Wide Awake in the Darkness

梁雪菊　著

暨南大學出版社
JINAN UNIVERSITY PRESS

图书在版编目(CIP)数据

漆黑中醒着的眼睛 / 梁雪菊著. —广州:暨南大学出版社,2014.7
ISBN 978-7-5668-1051-9

Ⅰ.①漆… Ⅱ.①梁… Ⅲ.①诗集—中国—当代 Ⅳ.①I227

中国版本图书馆CIP数据核字(2014)第124680号

出版发行:暨南大学出版社

地　　址:中国广州暨南大学
电　　话:总编室(8620) 85221601
　　　　　营销部(8620) 85225284　85228291　85228292(邮购)
传　　真:(8620) 85221583(办公室)　85223774(营销部)
邮　　编:510630
网　　址:http://www.jnupress.com　http://press.jnu.edu.cn

策　　划:余　丛
策划编辑:杜小陆
责任编辑:潘江曼
责任校对:王嘉涵
排　　版:中山市人口手文化传播有限公司
印　　刷:佛山市浩文彩色印刷有限公司

开　　本:850mm×1168mm　1/32
印　　张:4.75
字　　数:80千
版　　次:2014年7月第1版
印　　次:2014年7月第1次

定　　价:23.00元

目　录

上卷　我说过我是一株菊

下卷　漆黑中醒着的眼睛

上卷　我说过我是一株菊

1

舞　蹈

翻腾着苦痛　躺下去
以习以为常的姿势
靠近生命的故乡
我的美人旋着舞衣而来
柔软的手臂
从我迷蒙的眼睛开始
掠过我赤裸的胸膛
美人啊　别用妩媚的目光看我

追逐　缠绵
在似幻似真的意象中
我的美人用两个脚尖
画出一条线　伸向我故乡的远方
我在远方思恋翻腾

躺下去　再缓缓起来

看我美人从容地离开

无奈的十指　颤抖着别离的忧伤

美人啊　请用妩媚的目光看我

从故乡的小路出来

踩着我美人一路的幽香

以习以为常的姿势

独自一个

2

昨夜一场雨

昨夜一场雨
淋湿了我可爱的家园
淋湿了我母亲的眼睛

我在辽远的荒地受凉
梦见我母亲的美丽　忧伤
(理解一棵草站起的动作
女儿　夜的声音
在啼叫)

站在母亲希望的手指上
母亲眼里明亮的雨水
馈映我年轻的脸

(妈妈　通往家园的小路
可曾泥泞)

昨夜一场雨
我在辽远的荒地受凉

3

你的手伸向我

你的手伸向我
携着大江的磅礴　如刀
闪着关乎生命和血光传说的寒芒
对于这种气势
我是　绝对
有理由逃避

这种缺乏勇气的方式　太遥远
我会毫不犹豫
将手伸过去　紧紧握住
你伸向我的手　如刀
握不握住　都要流血

你的臂膀为我张开

烧着熊熊的火
一些声音在诅咒
我要笑了　飞蛾
对红艳的灯火
永远钟情

走近你　便有
一个哭泣的地方
便有烘干悲哀的希望
你为我张开的臂膀　如火
飞不飞进去　都要烧伤

你的手伸向我　握不握住
都属于我

4

我不告诉你我如此地爱你

没有人告诉我　什么是爱情
春天回忆不起来的时候
我独自　徜徉在夏天
走在雷雨的疯狂中　思念
瞬逝的闪电

伸出我纤弱的手指
怀疑爱情的气息
我是这样认为的
你轰烈的一刻　从我纤弱的手指开始
我的一双手　太单薄
无法　有力把握自己
你殷实的一握　我便不至于
倒下去　渴求你

竟如云雀渴求蓝天　我确信

这就是爱情了　但我不告诉你

我如此地爱你

当你造访的时候

我决定了

站在避雷针的顶端

5

我静默不语

浪和沙子的爱情在海的边缘蔓延
我站在一粒沙子上
听你诉说海上的奇遇
夜在喘息中死去
瑟缩在你的怀里
静默不语
倘若是春天温柔的轻风
我会哼几句小曲儿
但与你在一起　我静默不语

作为一种激情
你在滚滚的狂澜中
看我所有的语言随风远去
看孤独的脚印

来不及改变海边的格局

被冲刷殆尽

我忽然发现

我竟是一粒微小的沙子

站在另一粒沙子上

听你诉说海上的奇遇

浪和沙子的爱情在海的边缘蔓延

6

我说过我是一株菊

一场或者更多的霜下过之后
便走完了秋天
寂寞如同深冬　我说过
我是一株菊

我没有记好
阳光流向明天的动作
遗落的心事
仅以一个破折号解释　生命
该怎样表达自己才不至于出错
才算完整
从根部到花尖　我思索着
荡漾的清香如何藏好梦的内容

我说过　怀揣季节的信物
多情而伤悲
命运中的一些霜雪　在花瓣上
并没有消融　用以描写爱的汉字
在颤抖中贫血　幽居黄昏的荒凉
我是一株菊

我没有选择一个好天气来写诗　活着
没有多少东西可以挥霍
作为菊　只能有属于菊的一生
春天里的诗行　要不是
太轻巧　就是太沉重
我没有选择妩媚的春天来写诗

我说过　我是一株菊
一场或者更多的霜下过之后
便走完了秋天

7

七　月

我从睡眠或不眠中伸展开来
七月在枝头摇曳
曾祖留下的一把椅子
藤黄早已褪损　我坐在上面
思想七月的思想
如何用文字或者图案来表达

在三月和五月
如鲜花般被赞颂得枯萎时
属于我的七月盛开了
我不可能了解我最熟悉的一切
对于不熟悉的七月　犹如春的门外汉
不可思议　但我还是想弄清楚
这种截然不同的时分如何切入季节

我静坐了许久
属于我的七月出落得心事重重
靠近一种虚构
我开始惊惶四顾
选择一个棱面注视七月
我所祈求的色彩
朦胧在褪损的藤黄中　一言不发

我站起　走向七月的深处

8

三月的一阵风没有吹来春天

在你未画我之前　我觉得
我并不存在　就如同
三月的一阵风没有吹来春天

点燃太阳的一束红光
从近日点到远日点
谁的暗示　一株菊
洁白的画纸　浓黑的炭笔
你描涂丰富的色彩

我渐渐在开始了
清楚自己比起什么时候
生命的浓淡轻重　更有层次
我激动如炽热涌动的岩浆

你将我栽在墙上
于是我渐渐在结束了
作为生命的旅程
为你盛开　一株菊站起
就好像躯壳在成为灵魂
你让我成为神

在你画我之后　我觉得
我不再存在　就如同
三月的一阵风没有吹来春天

9

下雨的早晨

悄悄来临的早晨
没有阳光　沉重的水滴
打湿昨夜我遗落在月华以外的诗歌
感染伤寒
我的爱情高烧四十度

早晨的雨　渗透我所有的文字
最后落下的一滴雨
我用一生呐喊
爱上你　我无能为力
留有明天

将渴望藏于心底
背负着爱情走向极端

我纯洁而健康

下雨的早晨
一些忧伤的爱情
过于虚弱　咳嗽几声
晕倒在湿漉的枝头

10

我们在春天里飞翔

所有属于春的气息
在你走过拂来的风里繁衍
你指尖触及的地方
有画眉在歌唱
优雅的姑娘　我以为
我已闯进春天

我忧郁的诗行　躲在深处
描写久远的相思
这该是怎样的一种爱恋
告诉我　姑娘
你的回眸凝盼　我以为
我已懂得春的全部

我爱的姑娘　男儿的血在为你沸腾
优雅的姑娘　说句爱我
倾注你的深情
斟满我虚空的日子

我以为　春天从此定格
姑娘　我们挽着
留守季节　一双蝴蝶
在一首诗里　飞翔

11

我是一尾活在你血液里的鱼

漆黑渐渐展开眼睛
沉寂就这样诞生
独自坐在一个深刻的夜里
其中一些想法袅袅升起
诗歌　天气　水分以及其他

一滴眼泪
藏好　在白天来临之前
一个季节从此湿润
我生来该是一尾活在你血液里的鱼
没有比我发现的更为真实
你的每一根发丝每一个眼神都跳跃着爱情
你走过的路上　许多鲜花盛开
我将欢欣与郁结

踩在脚下
纸张　圆珠笔　言语
照亮黑色的月亮

爱情和孤独
谁比谁更寂寞
我是一尾活在你血液里的鱼
我的生命鲜红透亮

12

我要做你的新娘

这是美丽　确切些
感人的颜色　渲染另一种美丽
从此我断定
——我是你的

我是你唯一的思念
以情人多姿的步态跟你走向爱的深处
你把我藏起　据为己有
郑重其事地为我歌唱
我高声喊叫
——我是你的

我要做你的新娘
这是最让人感动的部分

暗夜里梦着的　灵魂

醒着的肉体

来一次彻底的死亡

穿过坟冢到达一个阴影

这是另一种美丽

生命圣洁的一切

交给你　用你质朴的怀抱接纳

我要做你的新娘

披上黑婚纱

13

我这样规矩地站立

我一直这样规矩地站立
站成一棵树　一种象征
一滴露水洗亮的歌吟
你优美地唱着
你那男人的质感如水
在我身边缓缓流淌　弄湿我
枯干的一切

我一直这样规矩地站立
便站成了一往情深
——宝贝，我要让你幸福
你如泣的低语　爱意绵绵
一句话俘虏我整整的一生
一首情诗

你如此深沉地向我高声朗诵
我感动在你声音的浪潮中

谁也不能够怀疑我站立的姿势
作为一种形态　高尚　真实
梦境在虚构中被轻轻托起
你呼吸的力度　划破我的皮肤
疼痛　我在清醒中含糊
同样地　不能够怀疑你的名字
我就这样规矩地站立
站成一种风情

14

明天我们私奔

明天　我们私奔
明天是一个好日子
仿似流入月光的夜曲　罗曼轻柔
明天在酩酊中等待
痴情的姑娘　为爱到远方

选择一条浓荫的小路
我们可以慢慢地走　不要慌忙
舞着或者歌着
深藏浓荫里
不会有人知道
翅膀长在爱情的背上

明天　生命的眼睛

醒来　睁开
鲜绿的青草　单纯爱的色彩
和思想　为爱到远方

我们可以手挽着手　走一段山路
再走一段水路　携稳
抵达一个叫作幸福或者梦想的地方
住下来
——今夜，让我们好好商量

明天是个好日子
明天　我们私奔

15

来自北方的音乐老师

带着雪的湿度和气息
你从容地走来
还没发现
南方的路和语言　同样
迂回得不讲技巧

离春天还远　拥挤的人潮中
你的脚步孤独
禁锢的旋律
该怎样突围而出　悠扬在三月

然后　在南方的雨季中
融作一滴水
从灵魂的高处流向坚实的大地

渗透柴米油盐　渗透风花雪月

没有惊讶于你表达自己的方式
端坐在漫不经心的细节里
分明看见　爱和音乐
如何紧锁你的眉头
踏着你的指尖　踩痛黑键
踩痛白键
音符碎落处　有梦
在分娩

站在三尺内外倾听
你的笑声和哼唱　这样的距离
许是太近　或者太远
捕捉不了音韵
是否已经步进
南方的天气

16

等待冬天的到来

含蓄的刘海　隐约着漫溢的秋水
你以动人的姿态沐浴其中
我小心翼翼地守着这方圣水
闭上眼睛　看你

你该是一个泳中高手
展示着不同的花式　或蛙或蝶
自若逍遥　睁着眼睛
我惊觉流动的眼波
是一池落花

腮红为你　那抹天然的娇羞
怎样的霜打换作苍白的痴情
寂寞投落　漾起一层又一层

一层又一层的涟漪

我仍然小心翼翼地守着这方圣水
等待冬天的到来
冰封曾经的烟花烂漫

17

触及母亲

一个男人　把相思
流满岁月的重洋
用热带的歌声　埋葬爱情
任救不出的痛苦　愧不完的忧伤
折磨自己　折磨
故乡一个流连顾盼的女人

眼前绵延的椰林
结满的是什么
一个男人　想着
故乡的竹林　和
竹林以外的心事
一把火啊
燃烧沧桑

燃烧一个流连顾盼的女人

守着一句没有分量的承诺

将等待刻上心头

以一种方式

顾盼流连

18

想你想得具体非常

岁月古老的钟摆　摇响
想你的节奏　一秒一秒
清脆　明亮　朴素

我站在秒针上　舞蹈
旋转　和着拍子
优美的弧线　动作起落
圆满想你的过程

钟敲三下　简洁的声音
比自然还要来得
真实　你是
秒针所触及的
昼夜　明亮的歌

流向玫瑰盛开的秘密

细致如　叶脉

纤维

——想你！

挨着钟摆躺下　倾听

想你的节奏　一秒一秒

美妙　规律

但绝不刻板

19

答应你共划情舟

我把自己想成一方孤岛
傲慢和荒凉　伫立水的中央
漠视风浪
从无季节　从无季节
日出日落
我早已忘却我
忘却时间　与存在

漫过呼吸　你涨潮的目光
划破我　虚构中托起的梦想
发现自己的真实
惊慌失措　海面上
从不生长女人　我如何会是
涉水的姑娘　如何会

不通水性

你血液的汛声支撑
一叶方舟　而你
却是我唯一辞别和沉溺的海
辽阔　痴情　透彻渴望
到达你的伟岸　或者
淹没在你水的怀抱
义无反顾　答应你
共划情舟　漠视风浪

20

情感沙场

不要对我万般无奈　英雄
关于那个古老的传说
——英雄难过美人关
是否依然鲜亮动人　是否
应当重新编写　该要商榷

你把六月
铺展成情感的沙场　呐喊
交锋　刀光剑影
折射你爱的光芒和风采
如何才能博得美人一笑
逐鹿千里　万古披靡
硝烟四起　英雄
我唯一的武器

诗歌的裙裾
撕裂　流血　焚烧

无奈是我对你
对自己
最心疼的交代

没有不战而屈　谁寇谁王
还是两败俱伤　英雄
让我们一起流泪
清洗六月的忧伤　共同默念
洪荒中的传说

21

微雨的黄昏路边等你

粉红色的雨伞　撑着
微雨的黄昏　撑作等你的路标
仿似将落未落的雨滴　心情
悬成一种冀盼的符号

黄昏的微雨
腼腆而抑　润泽
已有未有的憧憬
水滴和雨伞的内容　记叙
亘古以来等你的姿势　视线
就从这里开始　伸向
你来的深处　穿越
梦境
时间

空间

删去所有湿润的风景　和情节
暮色中仅有的　鲜明的亮点
写满期待的面庞
馈映你　每一串流浪的
脚印

22

瞎　子

空白　空白的吗
我就是　传说中
要弹断一千根琴弦的瞎子
闭上眼睛　沿着
青山的青　黄河的黄
千百年来　边走边唱

我所有的语言都已老去
那一纸明媚的药方
沉默在琴腹中　与我一起
等待光亮

我苍老的歌声
撼动黄河的波涛　浑浊与清澈

区别只在于
一句浑厚的叫唤
——店家　来一碗拉面
在临河的客栈中
回响千年

在一次次断弦　更弦　数弦
的漆黑中　我成为神
拨动的琴音
摇撼高坡上朴实与野蛮
的黄土

怎样的足迹　怎样的手茧
才能抵达第一千根琴弦亮光的边沿
跨过去

当我颤抖着双手
唾弃这一纸药方　沉重悠长的希冀

空白　盲徒想要的那只彩色风筝

未放飞　是白的吗

空白　已在药店老板的嘲笑中

折翅　流血

23

心灵的跋涉让我疲惫不堪

我从起风的夜里走来
以追赶一条纱巾优美的姿态
从你面前走过

敏感执着　心灵的跋涉
其实早让我疲惫不堪
尘世一粒卑微的尘埃
足以使我
跌倒在你面前

风吹成石头　敲打我
脆弱的语言之树　每一根伸向你的
枝条都挂满了　破碎的
月光　和诗行

你的目光　停留在哪行诗句上

搀扶我　包扎受伤的心情

让无法在生活里扎根的泪水

流淌在

你坚实的胸膛

24

一个你，我丢失了自己

一个你
一场预想不到的浩劫
铺天盖地　高举爱的旗号
无处隐匿　无处隐匿
灾难如此深重

当所有的沧桑溯源而上
你祈望的目光　抽打我
仓皇的落寞
呼唤回旋　浸透
生命孤独无依的漂泊

我的忧伤草木葳蕤
阻挡我　奔走的方向

灾难如此深重

是什么力量无穷无尽地通过我
逃避爱而又沉溺爱
站在你面前
激动非常　而又胆战心惊
从此　我丢失了我

25

小厨娘

一尾鱼款摆于众鱼之中
展示某些基本的
要求　和本质
水以及自由　诱惑我
爱的目光

有关这尾鱼的故事
在我围裙系上的瞬间　开始
让人激动不已
握刀在手　选择一个角度
切下去　生命的颜色
在砧板上盛开
抚摸一片姜块的嫩黄　爱人
抚摸我脸额的手　在面前滑过

鱼的精神就在于这里
当姜块一丝一丝喘息出辣的意思来
从容不迫
以一种最善解人意的
姿态　躺于瓷盘中
静候爱的祭献

至于砂糖　盐巴　酱油
迫不及待
作为整个故事的操纵者　我冷眼旁观
它们驿动的情怀

爱人　不要着急
我早已心中有数　此时
让我坐下来　忘记水
忘记水和自由
等待你的到来　尝尝它的鲜美
与什么有关

26

黑发为谁而剪

眉眼如柳　很古典很娴雅的样子
用许多女儿的心事　和岁月
盘结起的黑发　黑色的瀑布
飞流直下　每一根都曾牵系着
一个名字　一个故事

上午十时三十分
一九九六年七月十三日
我正襟危坐　镜子在前面
凝视一个姑娘　如何地
让瞬间成为被怀念的美丽过去

瀑布因什么而自甘干涸
一把剪刀

仿佛一条饥渴的蛇

蜿蜒爬过

故事开始陈旧　碎落满地

没有谁会记住和想起这个上午

甚至我

27

母　亲

母亲慈爱的目光　是我
归家的路　作为
农田上的哲人　母亲所耕作的稻谷
一粒一粒
成为别人毕生的粮食

我回家的日子　是母亲
殷厚的节日
母亲喜欢用豆子来煲汤　我得
喝两海碗　豆
寂寞的符号　忠贞地
恪守在母亲身边　一次一次
赴汤蹈火

安坐椅中
母亲如大智的禅师
听我谈诗　谈诗人
一缕清茶的轻烟　升腾起
母亲许多深刻的理解

其实母亲
不知道诗　不知道雪莱拜伦
不知道李白杜甫　只是
举头的一轮明月　来不及阻拦
已霜染了母亲两鬓的发丝

28

你已把道路踩得如此泥泞

在我漫散的目光中　是谁
血液在伤口上潮起潮落
敢于乘风破浪
无人舟渡
我的美丽在月色凄迷中面目全非

风雨以一棵树倾斜的姿态袭来
我在一片树叶下
瑟缩颤抖　紧抱一瓣曼陀罗
遗下的幽香

谁用一首诗歌奔流的语言
冲洗一颗一颗的星辰　照亮
满途的荆棘

企图靠近
刻满美丽的哀伤

步履蹒跚　是你
是你呀
每一个脚印湿漉漉的方向都生长
温柔的创痛

黑夜尚在
你已把道路踩得如此泥泞
而我　在你靠近之前
已经逃脱　或者消失

29

望穿秋水

望穿秋水　经典的孤独
驾驭一处眼波或者心情　超越
某些与我自己相关的逻辑
深入思维

一股潮湿的气息攀延伸展
那个季节的主题　与
这帧无法抗拒的风景
最为接近

烟波浩渺　而你
从遥远的希冀日夜奔走　染满
征尘　在秋水的尽头
策响一串串急速的蹄铃

望穿秋水　我唯一的选择

横亘你我的洪荒

渡你穿越　早日

抵达我　深刻的寂寞

30

我要梦见你

漆黑或者黑夜一旦到来
我就会像鱼
沉溺水　一样痴迷

睡眠在这个时候
并不重要　关键
我要梦见你
我需要黑　沉淀我
梦中的每一个细节
就像鱼　不放过水草
我不放过你

我要梦见你　深情的目光
抽打我　思念的怯懦

我要梦见你　湿润的声音
淹没我　干枯的生命
我要梦见你　温存的身体
俘虏我　无法逃脱
我要梦见你　从此
不再醒来

31

快，把我抢走

我的双手已为劳作消失

我的双腿已为行走消失

我的耳朵已为声音消失

我的眼眸已为视线消失

我的鼻子已为气息消失

我的肉体已为欲望消失

快　把我抢走

在我还没有完全消失之前

你得矢志不渝　明白我

无力支撑爱情

残缺的躯体

四面楚歌　风雨飘摇

你也得见机行事　引领我

突出重围

白天还未来临　黑夜尚在

你还得好好准备　生活的

漩涡　挡不住

你　有力的臂膀　和

坚硬的诗行

快　趁我的头颅还在

趁我的心还在

32

一株菊为你盛开

春天已经过去　春天
不属于我
秋天已经过去　秋天
你错过了我

一株菊对阳光的理解
是你　敞开的窗户
直达你的花园
一株菊对冬天的记忆
是你　经久积下的一场霜雪
一夜袭来

在季节的夹缝中
一株菊

彻底开放　在你汹涌的

血液汛潮

从此

不再枯萎

下卷　漆黑中醒着的眼睛

33

一个人的晚餐

一个人的晚餐
一个蝴蝶双飞的
杯子　透明湿润的心事
一个人的晚餐
一双龙凤呈祥的
筷子　挑起幽暗的灯光

一个人的晚餐
一个熟悉的座位
一棵相思树　繁茂在窗前
一个人的晚餐
一个粗心的厨子
混淆的酱醋糖盐

一个人的晚餐

想象中的盛宴

迷蒙的目光与昏黄的暮色

同时开始

34

完成一朵花的芬芳

许多故事选择春天生长
我与你选择了什么样的季节
完成一朵花的芬芳
多少水分　多少阳光
一个故事的开始　进行或者
结束　与季节的气候无关

我只是牢牢记住
一只鸟飞过的声音
是你　唤醒一朵花的空气
犹如一座城市亲近另一座城市的
目光　忽然从雨点的坠落
找到湿润的驻脚

从上空或者　上空以外的更广时空
巧遇一朵花　幽香的影子
作为鸟　你飞翔的
方向和姿态
美丽了整整一个季节

我到底是另一只鸟
抑或　就是那一朵花
一座城市与另一座城市的亲近
模糊了我的思考

我还会牢牢记住
一朵花芬芳的声音
妖娆　缥缈　恒远

35

有些秋凉了

有些秋凉了　我看见风
轻轻推开了邻家的窗户
一声婴儿的啼哭传出　惊动了一片树叶
我的视线　从三楼飘落在地面

对面的一对夫妇
走进一场雨的缝隙
习惯了转身　习惯了不同的方向
习惯了有恩无爱　有情无趣
生活的开始
我看见风
一个踉跄撞倒在他们的怀里

女儿头上的羊角

挑碎了奶奶添衣的唠叨

粉红色的小书包

依旧装着她喜爱的小背心

36

把自己喝成酒

我喝
不是因为要与你
或者你们喝

今夜　我要喝
把自己喝成酒
喝成被绯红淹没的今夜

你可以明里捉弄
你可以暗里盘算
你可以尽情猜想
多深的酒　一个女人
用一种完全优雅或者粗俗的姿态
躺在一首诗单薄的怀抱里

你还可以痛心

你看到了你的母亲你的妻子你的女儿

你千万别哭

那会很矫情

你也千万别笑

那会泄漏你骨子里的秘密

我喝　我要喝

把自己喝成酒

我要浇　浇所有的郁结

我要烧　烧心中的痛快

我要醉　醉你眼中的今夜

37

雕虫小技

吊丝虫

从一片香樟树叶脉络的呼吸开始
向下　风有时经过
还有月光或者晨露
若有若无的丝线
向下　垂直或者飘摇

乳白色或者青绿色的小小躯体
怀抱丝线　躬身向下
把一声向上的尖叫
撞得支离破碎

蜗　牛

走过了夜的黑走进了昼的白

爬过一朵花娇嫩的脸庞

咬过一口肥美多汁的菜叶

从春到夏　从夏到秋

从郊野到城门

选择回忆

或者忘却　藏不起的行踪

用柔软触摸坚硬

用慢抵达快

用退缩对视入侵

竹　象

一杆竹子

和许多竹子一样　站在春天的深处

编织斑驳的阳光

一身墨绿的甲壳张开

羽翼扇动　坚硬的长鼻

便站在了叶芽的芳香上

一杆竹子来不及转身　寻思

竹象是不是竹

竹象是不是象

竹象一口咬住　昨日的时光

38

好久没看到蛇

好久没看到蛇了　我是说
田埂上或者野外
一条真正的蛇

是蛇不再到田埂上
还是我们离田埂的距离越来越远
就像我们离自己的距离越来越远一样
一条蛇决定走出洞穴
是不是一定要有些理由
譬如说
一只青蛙或者老鼠的叫声
另一条蛇的气味

蛇有可能钻进了人的心里

我们却看不见它
一条蛇在心里盘踞或者游走
脏腑会不会随着腥臭和腐烂

我越来越想不明白
为什么我没再看到蛇
是因为没有了蛇
还是因为没有了田野
这比看到了一条真正的蛇
更让我害怕

39

一群白鹤降临村庄

与这群白鹤相遇
时间在那一刻没有重量
这群白鹤
是二十八只或者二十九只
到底是多少　也没有多大意义
不写她们降临的村庄
麻东陈梁　白鹤不需要姓氏
不写这片绿油油的水稻田
和从海上跨过湿地而来的风

甚至要省略她们颈项的修长
羽毛的洁白　双腿的殷红
省略她们姿态的优雅　省略
她们转过身来　相爱的目光

省略她们可能有过的忧伤和喜悦
省略水中鸭子心情的复杂

正如不写刻骨铭心的故事一样
不写白鹤降临带来吉祥的传说

一群白鹤降临村庄
恰好与慵懒的阳光一起
你站在那里

40

信　息

我不断地发信息
想换取你的信息

从南方发往北方
告诉北方我在南方

从蓝天发往雨天
问问瓢泼盆倾还是缕细丝微

有时发给昨夜
是不是黑淹没了挂念

有时发给毛笔
我的心思乱作狂草还是肃穆如正楷

想想最近一次

发给了一本集子的某个汉字

41

窗　口

怎么会有这么多的窗口呀
一座小小的城市
窗口是不是房子的眼睛
那么多的眼睛
会不会把时空看得千疮百孔　支离破碎

窗内看窗外的星月
星月窥见窗内翻涌的云雨
窗内看窗外的霓虹
霓虹嘲笑窗内寂寥的憔悴
窗内看窗外的冷暖
冷暖会意窗内乾坤的春秋
窗内看窗外漆黑的惨白
惨白揶揄窗内渊深的漆黑

窗帘拉上　灯火退却
是不是眼睛就闭上了　城市困了

小城横轴上朝南的一扇窗户
是今夜里醒着的眼睛
闭不闭上　都能一下子抓住
小城纵轴上西向的一个窗口
和窗内的一双眼睛

42

对　话

城市在长
中心节点朝东移拔
一座楼房渐西　老去的 401
是我蜗居的壳
狭小的空间　虽然只有我
却十分喧闹
以致我长期失眠

渐渐　我发现白天剩下了眼睛
夜里只有耳朵
这到底是进化了还是退化了
我向一群老鼠请教答案
它们是这儿比我更有资历的房客

好多个夜晚

我听到他们高谈阔论

啃食我的苹果　花生米　方便面

像是欢乐的盛会

是谁在主持话题的讨论

我侧耳　寻找划破寂静黑夜的最高音

直到前天白天

我终于看到了它

四条短小的腿

扛着肥硕的身躯

大摇大摆地走进我的厅堂

一条细长的尾巴趾高气扬

我们对视

我看到我在它的小眼睛里显得很小很小

它却始终在我的目光之下

我终是未能得到答案

一群老鼠的逻辑还是不能让我理解

我只是觉得这事有点意思

一个女人与老鼠的对话

仅仅需要敏锐的听觉和犀利的目光

43

狗　语

夜是怎样悄悄降临的
对于一条蜷在水井旁的狗来说
不是一个很重要的问题
它只是偶尔仰起头
亏缺的月　使它
幻想将会在眼前经过的影子
以及　另一条狗身上的气味
然后换一种舒服的姿态
躺进乡间的梦里

没有什么比这样的秋夜更惬意的了
一条狗竖起了梦中的耳朵
它听不到吆喝与使唤
它听到了一串陌生的脚步

它兴奋地跃起　声音从胸腔喷涌
野性　张扬　激起了
另一条狗莫大的兴趣

于是　夜生动起来了
两条狗的狂吠　交流起一个又一个话题
关于危险的警觉　喷香的骨头
一条狗对另一条狗的需要
还有城里人怀中同类的哼哼

推开乡间深夜的窗户
我很困惑
什么时候开始
我听懂了这夜里的狗语

44

黑　夜

我对黑夜的迷恋没有节制
当黑像一个幽灵潜入
夜便成为黑的俘虏
而我　一个夜的幽灵
与黑相遇　不是偶然

我一直这样认为
黑是最妖媚的色彩
多少鲜艳的颜料
才能调配出黑的缤纷
你明白了这一点就会明白
一个孤独的幽灵
需要黑来取暖的饥饿

一切的亮光都已褪去
像一条蛇褪去身上老死的皮
我褪去了白天的躯壳
在黑的夜里　在夜的黑里
我看到你看到了自己
谁是幽灵

有时候我完全搞混了
我是对黑夜的迷恋
还是对你的迷恋
黑夜　是我自作多情的第三者

45

猪笼草

请不要嘲笑
近乎自恋的
嫣红　墨绿
花哨的斑纹
这华丽的酒壶
猪笼草
让人喜欢的名字
不管是猪是笼是草
在水边　寻找另一头一个一棵
异性的猪或者笼或者草
寻找一条足够肥美的虫子
便度过
一天或者一生的日子
悬挂或者匍匐

让身体向下让欲望向上

与一棵猪笼草的相遇
不在山涧
不在湿地
在城市的一个阳台
我连同我的哀伤
只能生长为另一棵哀伤的
猪笼草
或者一条足够肥美的虫子

46

蝉　说

窗台向南　五楼的高度
我的耳垂　正好接近你
从春到秋
侧耳倾听

作为一只雄蝉
你的鼓膜已经开始疼痛
在城市的枝头
鸣叫渐渐嘶哑
那些关于蝉族集合的召唤
关于一只雌蝉气味的吟咏
淹没和撞击在混沌中的声音
找不到传达的方向

薄如轻纱的一对羽翼
抖落了诗人多情的目光
到底还承负着什么
如此沉重　以致那只螳螂
从历史的深处扑来　张牙舞爪
没有了黄雀
你的喊叫忧伤

你越来越怀念
乡间的绿荫　以及
落入药壶的蝉蜕
越来越想不明白
偌大的一座城
找不到多少可容你吸吮的枝条
对于一只什么都想不明白的蝉
你一直不知道　为什么人们还叫你
知了

47

看　雨

我从来没有
像今天这么认真地看过你
从来没有
细数过你湿润的心情到底有多少

我早已习惯忘记
身上撒落的
是阳光月光星光
是雾水露水雨水
还是一路疲惫的尘埃

今天　我决定隆重地看你
借着刺骨的冷风
请容许我紧一紧衣衫

不需要临窗而立

不需要举目投光

我决定隆重地看你

紧闭双眸

你不在天上落下

你不在地上流淌

你不在枝头暂留

你怎么就这样飘呀洒呀泼呀

怎么就让我抓不住挥不去

我深信别人是看不见你的

只有我

今天隆重地看你

看见你　看见自己

48

孕育一个你

这是我作为一个女人的优势
我要用我温润的宫床
孕育一个你
请你不要害怕黑
黑是我对你最安全的承诺
请你不要害怕水
这样你不就成了我命里的方舟
你要习惯我的自言自语
噢不　那都是对你的悄悄话
你千万别嫌弃我的唠叨
我一直都认为那就是诗

多少年了　我一直在想象你
你的额角眉心

你的箫声剑气
我常常担心会忘记细枝末节
我不得不用失眠来弥补我可能的疏忽
我必须像一个微雕家一样细腻

现在　一切都告诉你了
我要孕育一个你
请你不要害怕强光和冷风
我已经给予你脊梁足够的营养
请你不要害怕世间的混沌
你的双眸明净如水
请你牢记
一个女人温柔的声音

49

无聊的上午

一杯水从左边放到了右边
一支笔从右手转到了左手
一本书打开又合上
一部电话拿起又放下
一个你从心底出来又回去
一张软绵绵的椅子窝藏着懒洋洋的思想
一条时间的流被时间堵住了

50

醉　了

你的目光已经开始迷离
眼前江湖晃动
谁人的爱恨情仇
谁人的刀光剑影
你一声长啸
风平浪静

你的声息已经开始绵长
铁汉万般柔情
谁还不懂你的缠绵
谁还漠视你的忧伤
你抽刀断水
酒入愁肠

你一头栽进

梦里的嫣红

独留一个醒着的女人　狼藉的夜

51

发　髻

站在镜子前面
我用一把桃木做的梳子将一瀑黑发
梳理
每一根垂下的发丝
都曾想在风中轻轻扬起
这一年　每一次梳行
都掉落许多心事

我将那一头乌黑的头发挽起
多少年了　一直这样挽住
挽成一个发髻
挽出一种端庄和宁静

站在镜子前面

我忽然想剪出一帘刘海

好让自己的面容显得年轻

却发现

除了发髻

已没有其他的方式

能将往日的思绪好好盘起

52

红木记忆

坤甸炕床

一张坤甸炕床
在老屋的厅堂中明亮起来
纹理清晰
透着岁月的脉络　光滑清凉
如女人的冰肌雪骨
铺展开家的场景

是曾祖吗　还是曾祖的祖
一杯雨前的清茶
或者一杆新烘的烟叶
斜靠床背
眼前晃动

妻的低眉或者妾的云鬓

袅娜的香气

女人腰身姣好

那些旧日的体温

生动的眼神

渐渐消退

坤甸炕床

压在时间的轴上

静默不语

只有清晰的纹理　或宽或窄

如诉如思

酸枝交椅

几把酸枝交椅

安坐在童年的时光

雕花刻雀的椅背

镶嵌着云石　墨色如画
方正的椅座棱角收敛
暗红的木纹
每一线行走
委婉迂回　酸香轻淡
带着祖族的训诫
穿越世代的深墙
伸向远方

无论是酷暑还是严冬
端坐在交椅上
你都得脊梁挺直
你都会浑身清畅

紫檀卧佛

你原是站着的
站在时间的深处

站在热带林木中

你的小小叶片也站着

黄色小花也站着

一站就是数百年

你用一个“布施”的名字

散发芳香

小叶紫檀

如今你躺下了

以佛的形象

面容慈蔼

眉梢唇角暗含微笑

一笑

又是数百年

53

口　红

二十五岁的时候
我涂抹口红　你说
水样的人呀不用修饰
那是三十五岁以后的女人
涂抹的岁月
从此我素面朝天

如今我已是三十五岁以后的女人了
囚在你言语的牢里
没再涂抹
手中的口红
在时间的风里
早已失去当年的水分与红润

54

睡　眠

凌晨四点　我丢失了睡眠
从左侧卧到右侧卧
转动跨度两小时
哪里的乡村　谁家的公鸡
第一声啼叫寂寞嘹亮

我寻觅的双眸
在记忆的库里翻箱倒柜
找不到睡意的踪迹

习惯了漆黑中醒着的眼睛
无法适应白昼纷繁的强光
睡眠回来　带着愧疚
送我到白天的黑里

55

我想去看海

我想去看海
看海的遥远与辽阔
海的孤单与执着

我得庄重
穿一袭黑衣裙
让风扬起我的裙摆与黑发
我想我会像一尾鱼
海的蓝来洗我

于是我出发
无须行囊　光着脚
寻着海的气息
穿过闹市穿过白天与黑夜

我奇怪的行走一定撞碎了诡异的目光
要不怎会满地锋利的碴子

如果一切顺应我的设想
我想一月又一月或者一年又一年
便会到达海的面前
风掀走我的草帽　沙子舔过我沁血的脚丫
海的蓝便来洗我

我走了一年又一年一月又一月
海的遥远很遥远　海的孤单很孤单
海的蓝洗着海的辽阔海的执着
我就这样一直走着　光着脚
用远拉近对海的想象

我想去看海
我走在闹市走在白天与黑夜
如果哪一天你看见

一个穿一袭黑衣裙的光脚女人

请你不要惊讶

56

雪菊的夏天

雪菊的夏天
早在夏天开始之前开始
雪菊穿一件丝质缎面的黄色短袖上衣
衣领扣在颈后发髻之下　领花垂在胸前
像一朵旧时的菊
随时准备在新起的风中摇曳

对于选择什么时候
雪菊选择让时间来选择
城市中央
一个寂静小乡村的青砖老屋内
雪菊坐在一把明式红木交椅上
黄昏的黄扭头看见了黑夜的黑
雪菊扭头看见了夏天

夏天在黄昏的黄与黑夜的黑中
潜入　渗透　氤氲
雪菊在夏天的潜入渗透氤氲中
闭目　幻想　飞
像一个始终微笑的雪人
看自己消融化水

雪菊起来
出老屋的院门
村庄的石板路适时地潮湿
那是雪菊夏天的雨
也可能是天上垂落的星星
雪菊的夏天
从来都不在自己的季节里

57

一次蟑螂集体死亡事件

是罐子泄露了甜的秘密
是伸出罐子的小陶勺提供了进入的阶梯
是罐子长久的闲置
是陶勺一直的倾斜

是触角探试的敏感
是味觉初尝的快意
是独自盲巡得知而后奔走相告
是群体出征争相猎抢

为什么是三层
为什么是九只
为什么头部的方向一致
为什么节肢的动作相同

一个疏于餐事的女人

试图还原厨房砂糖罐内

一次蟑螂集体死亡事件的现场

寻找世事

某些面相特征

58

大　暑

太阳在那儿
据说或者确实黄经 120 度
于是天空蓝得一片白茫茫
于是云朵白成幽深幽深的蓝
于是我盛一盅清水

腐草无萤火
萤火在星垂平野阔　的夜　的远方
我有海带一小扎
于是切下青衣白玉的冬瓜

雷雨还没来临
闷热将心关在门内　执意炙烤
我将薏米淘洗

顺便淘洗慵懒午间的慢

顺便淘洗新闻联播与谁的无关

甘肃的地震生命陨落

俄罗斯的军演声势浩大

欧盟的债务率有所上升

于是炉火升起

于是一个节气的习俗在民间

于是先是武火后是文火慢慢地熬

因为太阳在那儿

我做的一盅冬瓜薏米海带汤

加不加冰糖

消不消暑

喝或者不喝

都是午间

59

短　发

夏天来临的时候
一头乌黑的头发剪去
掉落的发丝
回到春日
被风吹起的梦里

穿行发间的梳齿
或者手指
需要习惯短暂的缠绵
和恒常的思念

就像一头短发
需要习惯
长长的等待

60

会议是一条毛毛虫

会议是一条毛毛虫
肥胖臃肿的身体　一节一节
蠕动伸展　缓缓爬过
从头颅到脚尖
剑拔弩张的绒毛　如刺如针

你的肌肤敏感　所过之处
奇痒难耐　疼痛不堪
可你安坐那里
面上含笑　像极了一朵待开的花儿
等待造访的蝴蝶

从脚尖到头颅
缓缓爬过　蠕动伸展

臃肿肥胖的身体　一节一节
弩张剑拔的绒毛　如针如刺
会议这条毛毛虫

你的神经开始麻木
目光依旧柔和
疼痛不再　奇痒不再
你安坐那里
像极了一朵未经开放
先已枯败的花儿
守候只是一条毛毛虫的会议
破茧成蝶的谎言

61

批评游戏

作为一个十一岁和一个三岁孩子的母亲
我常常和她们玩游戏
譬如说捉迷藏跳飞机
譬如说过家家挠痒痒
我得考虑游戏
如何适合两个相差八岁的孩子
于是我需要更多的游戏

我的灵感说来就来了
我们来玩一个批评游戏吧

姐姐：我批评妹妹笑得太甜酒窝太深
三岁的妹妹小嘴扁起
一脸伤心委屈

妹妹：我批评姐姐眼睛太大是个双眼皮
十一岁的姐姐眯缝起眸子
势要痛改前非

妹妹：我还要批评姐姐画了好多画浪费了好多纸张
姐姐：我也要批评妹妹小手太能干收拾东西很整齐
她们伸出双手让对方拍打惩罚
我说：妈妈批评姐姐和妹妹有时候互不相让争吵打闹
也批评自己陪伴你们的时间太少太少

姐姐和妹妹不约而同哈哈大笑
妈妈不会玩批评游戏

批评游戏的确有点好玩
可对于一个认真的母亲　还得学习

62

我是个群众

这真是件诡异的事情
今天早上我得填一份表格
我填过好多好多的表格
表格里都有一栏
政治面貌

我不懂政治
我常常思考面貌
外来工子弟学校私立贵族学校公办学校
优质学校普通学校
学校
特级教师优秀教师普通教师
教师
好孩子坏孩子富孩子穷孩子

聪明孩子笨孩子
孩子
我越是思考面貌越是模糊
越是模糊我越想思考
我对面貌的思考像涟漪一样
一圈一圈荡漾开去
我的面貌最后在哪里消失了
我陷入了漩涡

我要不要思考一下我不懂的政治
政治在哪里
旧政策新政策上政策下政策外政策内政策
政策
政策是不是政治

我一直十分谨慎
对于我没想明白的事情不敢草率
可我填上了　群众

我是个群众

于是我又开始了对群众的思考
多少人才能叫群众
一个群的众跟另一个群的众
生活在众的群里
为什么叫群众
我可以想明白我是一名教育工作者
可我想不明白
我一个女人
为什么叫群众

63

腌制柠檬

我有

白柠檬青柠檬黄柠檬数枚

天的蓝来洗

尘世的垢

阳光正好

切作花样心情

甜的蜜咸的盐

酸的滋味

岁月调和

治我不停咳嗽

和你

直言的咽喉

64

我种下的一棵月亮

寒流在退

天空已用冷的蓝或者蓝的冷洗过

漆黑裸露

我种下的一棵月亮

开出一朵银色的花

圆满的孤独　幽远的明净

是它迷人的香

它是情侣的百合　流浪者的鸢尾

夜贼的罂粟　诗人的曼陀罗

你窗前

往秋的菊

我种下的一棵

月亮

65

春　雨

这儿没有梧桐
雨下起来了
湿了满眼的小檀绿
落了一地的杜鹃红

一条毛毛虫扎一身雨点
或者泪珠
从叶上爬往叶下
“浮云般的人群移动过大地
云朵巨大，只落下小雨”
新波斯卡的诗句
从心外爬往心内
突然翅膀一抖
心头下起了细雨

这儿还有芭蕉

雨下起来了

从早上到黄昏

从黑的昼到白的夜

沙沙作响　滴滴答答

是催眠的曲

还是流年的调

芭蕉没说

66

这样的细节

云从东边铺展而来
层层叠叠
浓浓淡淡
墨色渲染的峰峦
起起伏伏
迷迷蒙蒙
是抒情的长句

雨自西边开始
悬挂的水帘
丝丝线线
点点滴滴
湿漉漉的修辞
忽远忽近

我撑一把枣红色的伞

弯腰拾起

沾湿裙摆的

一朵前世或者远方的水花

簪在襟前

做思念的白描

这样的细节

在午后的风雨中

不经意

后　记

我不是一个勤奋的写作者，更像一个慵懒的农夫，守着自己一小块田园，却常常躺在树荫下看云过来天空的孤独，听雨下来大地的喧嚣。尽管，心里曾有着金黄色的麦浪，或者颗粒饱满，想是什么颜色就是什么颜色的稻穗，可土地荒凉得让人窘迫。偶尔耕作的几株庄稼，是莫名其妙的情绪，心血来潮的冲动，或者鸟儿飞过小虫爬过携来的种子，恰巧落在手中掉进土里，长在风中摇曳，短暂的激动过后，往往是内心涌动的无比的苍凉和羞愧。这种散散漫漫、自愁自喜的写作，全然凭借突如其来的兴致。

这些兴致，就这样断断续续地，流淌在二十多年的光阴里。我以为，这就是我对诗歌的执着，或者是诗歌对我的厚爱。我写诗的同时，诗也在写我。诗是我内心的一种形式，我是诗生活的一个躯壳。我是安静的，于是诗静谧美好。诗是沉思的，于是我洞见蒙昧。

我常常分不清楚，是我巧遇了一首诗，还是一首诗撞上了我。这种呓语般的诗歌练习是不是该做个阶段性的了结，重新上路？

我深知，直面自己那么多年来写过的诗歌，而且要重新梳理它，是需要勇气的，因为得面对它赤裸裸的坦荡与写作上的笨拙。但对于一个真诚、勇敢的女性来说，我早已有着足够的从容面对成为过往某个瞬间的每一首诗。因为诗或者诗集于我，不是浮华，不是虚荣，而是生命的自然而然。作为另一段写作历程的开端，它随时准备着迎接写诗的遗憾和欣喜。

我把这部诗集分为两卷。上卷“我说过我是一株菊”，主要选自20世纪90年代的诗歌练习。《我说过我是一株菊》一直是我自己最满意的诗，我的第一本诗集就以它命名。这本集子还选它，且上卷以此为题，是因为它常常让我想起那些青春烂漫的岁月，想起那些滚烫尖锐的语言，它既是我生命的青春期，也是我诗歌的青春期。下卷“漆黑中醒着的眼睛”，主要选自2000年以后的习作，诗歌练习有了些许变化，内在与外部的叩问、生活的场景、生命的圆融、精神的自觉，有了更多的体验和尝试，这个过程，既是诗歌练习的过程，也是一个女孩长成女人的过程。

如果说，写诗的女人与这烦嚣尘世格格不入、怪异不堪，那么写诗让我干净和恬静，让我感受生命内在的放松与谐和，不写诗于我才是真正的荒谬。此刻，我想引用波兰女诗人维斯拉瓦·辛波斯卡的话表达自己：“我偏爱写诗的荒谬，胜过不写诗的荒谬。”

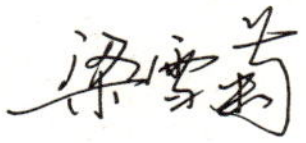

2014 年 4 月 10 日凌晨于中山